Esposa Dominante
Dominación y sumisión erótica
Erika Sanders

Esposa Dominante


Erika Sanders
Serie
Dominación y sumisión erótica

# Sinopsis

En un matrimonio normal y aburrido el esposo tiene una fantasía sobre cómo sería que su esposa fuera dominante en la cama.

Un día aprovecha una pregunta de ella para intentar conseguir cumplir su fantasía y que su esposa tome el control en el sexo.

¿O fue un error con consecuencias que no pudo prever...?

¿O fue una buena decisión...?

**Esposa Dominante** es una novela de fuerte contenido erótico BDSM y, a su vez, una nueva novela perteneciente a la colección Dominación y sumisión erótica, una serie de novelas de alto contenido BDSM romántico y erótico.

(Todos los personajes tienen 18 años o más)

# Nota sobre la autora:

Erika Sanders es una conocida escritora a nivel internacional, traducida a más de veinte idiomas, que firma sus escritos más eróticos, alejados de su prosa habitual, con su nombre de soltera.

# Índice:

# ESPOSA DOMINANTE
# ERIKA SANDERS

# CAPÍTULO 1

Todo había empezado inocentemente.

Siempre había fantaseado con que mi esposa tomara más control en la cama, y cuando me preguntó si podía atarme, aproveché la oportunidad.

Sacó algunos de mis viejas corbatas del armario y me ató con las piernas abiertas a la cama.

Luego, en lugar de montarme, me vendó los ojos.

Eso estuvo bien, no era lo que esperaba, pero fue un buen toque.

Por fin se me concedió mi deseo, pero parecía que había olvidado algo.

Algo bastante importante.

Como dije, siempre había fantaseado con que mi esposa tomara el control.

Nunca imaginé que ella sería tan buena en eso.

Ella se burló de mí implacablemente, succionándome con dureza y luego deslizando su jugoso sexo sobre mi pecho y de vuelta a mi boca para que la comiera, todo el tiempo pellizcando mis pezones o golpeando mi polla contra mi estómago.

"Por favor, Ama, necesito correrme. Lo necesito realmente ya".

No estaba seguro de cuándo había comenzado a llamarla Ama durante los juegos de la noche, pero parecía mucho más fácil ahora que había comenzado.

"Mmmmm ... ¿El esclavo está cachondo? ¿Quiere que lo follen?"

Ni siquiera tuve tiempo de preguntarme acerca de su cambio de tono o de cómo me llamó, porque hubo una intrusión en la que no debería haber habido.

Ella estaba metiendo un dedo lubricado en mi culo apretado, algo que nadie había hecho antes.

"No-uh-huh," gruñí, tratando de detenerla, pero ya era demasiado tarde.

Empujó el dedo de sondeo hasta el fondo y luego comenzó a empujarlo dentro y fuera de mi culo.

Cuanto más lo hacía, más me daba cuenta de que no era tan malo como pensaba.

Me sentía lleno pero cada vez que lo sacaba, sentía peligrosamente como que debería ir al baño.

Pero una vez que lo superé, me sentí bastante bien.

Demonios, a quién engañaba, se sentía realmente bien.

"Al esclavo le gusta, ¿verdad?" Preguntó mi esposa.

Era difícil de admitir, pero asentí con la cabeza.

"Si..."

Ella retiró los dedos.

Recé para que volviera a hacerlo y me masturbara al mismo tiempo.

Pero en cambio, la escuché exprimir un poco más de lubricante y lubricar la entrada a mi trasero nuevamente.

"¿El esclavo quiere dos dedos en su trasero?" ella preguntó.

Nunca antes había escuchado a mi esposa hablar sucio.

Excepto por las pocas veces que estuvo cerca del orgasmo y me dijo que le follara el coño.

Incluso entonces, dudaba, como si tuviera miedo de decir una palabra tan traviesa.

Esta nueva actitud suya era totalmente inesperada.

Después de años de ser el dominante, fue un gran cambio ser repentinamente la persona cuyos límites se estaban empujando.

Era erótico, sí, pero también daba un poco de temor.

"Sí", respondí.

"El esclavo debe decir 'Sí, hágalo, Ama.'"

¿Por qué seguía llamándome El esclavo?

Debe ser una especie de juego de roles.

Era un poco tétrico e incómodo, pero no tanto como para calmar mi necesidad de liberarme.

"Sí, el esclavo lo quiere, Ama", le dije.

Ella empujó sus dedos dentro de mí.

Antes me sentía lleno y era un poco extraño, pero esta vez, fue como si me estuvieran estirando… ensanchado.

Y cuando comenzó a follarme, pude escuchar los húmedos sonidos de sus dedos lubricados entrando en mí.

Me hizo sentir un poco sucio.

Sabía que de alguna manera estaba renunciado a algo más que mi virginidad anal, porque la sensación de control que tenía era totalmente de ella.

Hice mi mejor esfuerzo para evitar que mi cuerpo reaccionara.

Intenté detener los gruñidos y gemidos que querían salir de mi boca, intenté detener el empuje de mis caderas y el ensanchamiento de mis piernas, pero todo fue inútil.

"Qué puta. Al esclavo le encanta, ¿no? Al esclavo le encanta que le follen por el culo. Le encanta que le 'usen'".

"Sí", admití, incapaz de evitar luchar contra la situación, aceptando el papel que me dio y abrirme a sus dedos.

En poco tiempo, estaba empujando contra ella.

"Al esclavo le encanta. El esclavo quiere correrse", le rogué.

Mi esposa mantuvo los dedos quietos y seguí moviéndome contra ella lo mejor que pude a pesar de mis ataduras.

Sabía lo que estaba haciendo.

Estaba admitiendo que lo quería.

Que ella no me estaba obligando.

Y no me importó.

"Al esclavo le encanta. A mi zorra le encanta en su sucio culo, ¿no?"

"Sí, el esclavo lo quiere".

Ella tocó mi polla.

"El esclavo la tiene muy dura. Es una puta por querer esto. Apuesto a que quiere correrse ya ".

"Mmmm" gemí. "El esclavo quiere correrse realmente ya".

"Pero ¿qué haría el esclavo algo para correrse, hmmmm?" ella preguntó.

"¡CUALQUIER COSA!" Yo gemí.

"¿Cualquier cosa?" ella preguntó. "¿Está seguro el esclavo?"

"Sí", estaba casi sin aliento. "El esclavo está muy seguro".

"¿Dejaría que el amante de su Ama la follara? ¿Nos dejaría hacerlo aquí mismo con El esclavo en la habitación?"

# CAPÍTULO 2

WOW, eso fue bastante confuso.

Yo era el amante de mi esposa, ¿no?

Y la casa estaba vacía, ¿no?

Un juego. . . eso tenía que ser.

"Sí, señora", le respondí.

Ella se levantó de la cama, saliendo de la habitación y dejándome a mí todavía con ganas.

Escuché el sonido apagado de hablar con alguien.

No podría haber nadie más.

Estaba seguro de que la casa estaba vacía.

Pero si estaba vacía, ¿con quién estaba hablando?

Desearía no tener los ojos vendados.

La sala de repente se volvió muy fría y el juego ya no se parecía tanto a un juego.

Mi impotencia y la situación en la que me encontraba finalmente me llegaron al alma.

La puerta se abrió e hice mi mejor esfuerzo para cerrar mis piernas en un intento de proteger cualquier modestia que me quedara.

"Aquí está", dijo mi esposa. "Como te dije. La zorra a la que le gusta que le follen el culo".

Me di cuenta de lo que había olvidado antes: una palabra segura.

Yo no tenía ninguna.

Mi esposa había mencionado follar con su amante, pero por las cosas que estaba diciendo, podría ser yo al que follaran.

Me quebré.

Incluso si era un juego, se había vuelto demasiado intenso.

Tiré de mis ataduras.

"Cariño", le imploré.

Me costaba respirar.

Comencé a derramar lágrimas que fueron absorbidas por la corbata que cubría mis ojos.

"Shhhh", dijo, acariciándome, tranquilizándome. "¿La zorra está asustada?"

"Sí", admití.

Ahora podía respirar un poco más fácil, pero todavía estaba temblando.

Afortunadamente, mi esposa me quitó la venda de los ojos.

Miré alrededor del cuarto.

No había nadie más allí.

"¿Mejor?" ella preguntó.

"Sí", suspiré de alivio.

"Bien", dijo ella, mientras se subía a la cama y se sentaba a horcajadas sobre mi cara.

Pero su sexo estaba fuera de mi alcance.

Ella extendió los labios húmedos de su sexo y deslizó un dedo dentro, follándose a sí misma, jugando conmigo, burlándose de mí, preguntándome qué tanto lo quería.

Luego mantuvo su sexo abierto bajándolo a mi boca esperando.

Sin embargo, cuando intenté besarla y darle placer, ella se apartó, riendo.

"Mira", le dijo a nadie en particular. "Te dije que era una puta. Mi propio pequeño esclavo débil".

Empujó un dedo mojado en mi boca.

Estaba empapado con su sabor.

Lo chupé, dejándolo limpio mientras lo empujaba dentro y fuera de mis labios.

"Sí, él es mi 'esclavo debilucho', ¿verdad?" ella me preguntó, como si hablara con un bebé.

"Lo soy, quiero decir que soy tu esclavo, Ama", respondí.

"El esclavo está calentando a su Ama y está haciendo que su Ama quiera la gran polla gorda de su amante".

Mi esposa se acercó.

Esperaba sentir su mano envolver mi polla y masturbarme mientras la complacía, pero en cambio cuando su mano regresó, contenía algo que nunca supe que tenía: ¡un consolador!

Y no cualquier consolador tampoco.

Era grande.

Mucho más grande que mi polla y era negro.

Lo besó, luego lo frotó entre sus senos y finalmente lo deslizó hacia adelante y hacia atrás entre los labios de su sexo.

"Dios, no puedo esperar para sentir tu gran polla gorda en mi coño", dijo, y luego me puso el consolador en los labios. "Chupa la puta polla de mi amante. Ponlo duro para tu Ama".

Miré a los ojos de mi esposa, casi esperando ver una sonrisa.

Una sonrisa que me habría matado, pero que no estaba allí.

En cambio, sus ojos estaban entrecerrados de placer.

Abrí los labios y lo chupé, saboreando el látex y el almizcle de su sexo.

Lo bombeó dentro y fuera de mi boca durante unos minutos y sobre mis labios mientras lo besaba.

"Mi amante también es la puta polla del esclavo, ¿verdad?"

No pude responder, pero el consolador en mi boca decía mucho.

"Él está listo ahora, no seas pequeña zorra codiciosa". dijo ella, sacándolo de mi boca. "Voy a soltarlo ahora. ¿Va a ser un buen esclavo para su Ama?"

"Sí, Ama," respondí, mientras ella desataba mis ataduras.

"Solo recuerda que ESO", dijo, señalando mi polla, "Me pertenece".

Cuando estuve libre, ella me movió a la mitad de la cama, todavía sobre mi espalda.

Una vez allí, ella montó mi cara y luego metió la mano detrás de ella y empujó el consolador a su sexo.

"Oh Dios", jadeó, mientras lo empujaba dentro. "Qué polla. Umm-mmm-tan malditamente grande".

Me sentí momentáneamente celoso.

Sí, celoso por un objeto inanimado.

Desde mi posición, pude ver que la estaba estirando y llenando de una manera que yo nunca podría.

Intenté no dejar que me molestara mientras atacaba su clítoris con mi lengua con renovado entusiasmo.

"Mira", dijo, hablando con su amante imaginario. "Mira, te dije que la pequeña zorra quería ver mientras me follabas. Oh, amor, tu polla es tan grande y se siente tan bien. Vas a hacer que me corra, me harás correr por toda su cara".

Ella gritó de placer y su cuerpo se tensó.

Ella presionó su sexo contra mi boca con una fuerza aplastante, mientras se estrellaba contra mí.

"Joder, joder, joder, joder".

Ella sacó el consolador de su sexo, y cubrió mi boca con la apertura de su sexo.

"Prueba mi leche, bébela", ordenó.

Mientras bebía bien de ella, ella bombeó mi polla.

Cuando sacudí mis caderas en respuesta, sentí el consolador presionando contra mi trasero.

"Abre las piernas, puta. Entrégate a mi amante", exigió mi esposa.

No estaba preparado para esto y estaba yendo demasiado lejos.

"Hazlo puta", dijo.

Su voz no admitía desobediencia.

Abro las piernas.

No solo me llamaba puta, también me sentía como una.

Empujó el consolador contra mi culo, tratando de forzarlo.

No funcionaría.

Traté de relajarme.

Traté de soportarlo, pero era demasiado grande y dolía demasiado.

Yo gritaba cada vez que ella empujaba.

"Es demasiado grande para el esclavo, ¿no?" ella preguntó con simpatía. "Es una polla demasiado grande para su pequeño trasero sucio".

Asentí, aliviado.

Mi culo todavía ardía.

"¡Dilo!" exigió.

Cuando quería que mi esposa tomara el control, no había pensado en esto.

Se suponía que debía atarme y luego hacer lo que yo quería que hiciera.

En cambio, ella me estaba haciendo hacer lo que 'ella' quería hacer y decir lo que 'ella' quería que yo dijera.

"Él es, él es demasiado grande", Dios, era difícil de decir.

Casi me había jodido más admitirlo que otra cosa, pero sabía que no había forma de que pudiera soportarlo.

"Es demasiado grande para mi trasero sucio".

Afortunadamente, dejó el consolador y presionó sus dedos contra mi agujero arrugado.

Se deslizaron fácilmente.

Gemí en respuesta.

"Pero a mi esclavo le gustan los dedos de su Ama, ¿no? Necesita abrir más las piernas y apartarlas del camino de su Ama".

"Sí, al esclavo le gusta mucho más así".

Hice lo que ella dijo, colocando mis manos detrás de mis rodillas y tirando de mis piernas hacia mi pecho.

"Más", dijo ella. "Déjamelo a mí."

Me levanté un poco más.

Mi trasero dejó la cama.

Podía ver fácilmente cómo ella bombeaba mi polla con una mano y me acariciaba el culo con la otra.

"Oh sí, eso es. Déjamelo a mí". Ella me miró como si me perteneciera. "Es todo mío, ¿no?"

"Umm sí," gruñí.

"¿El esclavo se siente como una puta?" ella preguntó. "¿Él se siente como 'mi' puta?"

Me sentía como una puta.

Ningún hombre que se precie estaría en la posición en la que estaba.

Peor, me encantaba.

"Sí", gruñí en respuesta.

¿Era mi imaginación o era mi voz más aguda?

"Sí, mi esclavo parece una puta e incluso suena como una puta. ¿Cómo podría no sentirse como una puta?" dijo ella, y gemí en respuesta. "Lo quieres, no, puta. Y él me va a dar toda su leche, ¿no? Oh, sí, él quiere correrse tanto, pero ¿qué haría mi esclavo para correrse?" Dijo, soltando mi polla y haciendo rodar mis bolas hinchadas en su mano, mientras continuaba sondeando mi ano.

"Cualquier cosa", respondí y lo dije en serio.

Mis bolas parecían estallar.

"¿Bebería mi esclavo el semen del amante de su Ama? ¿Limpiaría su polla sucia?"

"¡Sí! Por favor, cualquier cosa, por favor, solo déjame correrme"

"Entonces gime por eso, puta".

"¡Uf, oh sí!" Supliqué en respuesta.

Ella sostuvo mi polla por la base y jugó contra la parte inferior, burlándose de mí.

"Las zorras no se quejan así. Y ella dijo que era mi zorra, ¿verdad?"

"Sí. Sí... Yo... Ella es ... tu puta", respondí y fui recompensado con un pequeño beso en la cabeza de mi polla.

Me armé de valor por dentro.

¿Realmente podría hacer esto?

¿Qué pensaría mi esposa de mí cuando lo hiciera?

¿Cómo sería nuestra relación más tarde?

No pude evitarlo.

"Mmmmmm" gemí suavemente.

No fue un gemido muy masculino.

Estaba muy lejos de eso.

Era el gemido de una mujer.

Del tipo que había escuchado, no de mi esposa, sino de ver videos sexuales.

Ella me recompensó chupando la cabeza de mi polla en su boca y luego sacándola de nuevo.

"Eso está mejor, pero Ella puede hacerlo mejor que eso, ¿no?"

Podía sentir el semen hirviendo dentro de mí.

"Mmmmm- uuhhhhh" gruñí más fuerte.

Ella sacó su boca de mi polla con un golpe.

"Sí, eso es. Ese es el tipo de sonido que hace una zorra. Ese es el tipo de sonido que tu Ama quiere escuchar, pero tu Ama quiere más antes de dejar que su esclava se corra. Quiere todo el paquete".

¿Todo el paquete?

¿Qué quería ella?

Era muy difícil de pensar.

Mi cuerpo estaba en llamas.

Estaba desesperado por correrme.

Pensé en algunas de las cintas porno que solía ver.

¿Qué chica fue la mejor?

¿Cuál pensé que era la zorra más grande?

¿Qué hizo ella?

Recordé la cinta y recordé a la chica, una rubia flaca.

Parecía que la estaban matando mientras la follaban, pero dio lo mejor que pudo.

Ella extendió las piernas y las jalaba hacia atrás con cada empuje.

Se mordió el labio, jugó con sus pezones, se chupó el dedo.

Ella hablaba sucio.

Ella era una chillona.

Pero, querido Señor, ¿podría yo hacer eso?

¿Estaba siquiera seguro de que era lo que mi Ama, quiero decir, mi esposa quería?

Recé para que así fuera.

"Mmmmmm, fóllame. Dámelo duro".

Aparté mis piernas, entregándome a ella, y me mordí el labio inferior.

Esperaba que fuera lo que ella quería.

Si no fuera así, me hice el tonto aún más grande de mí mismo.

Sentí que agregaba otro dedo a los dos con los que ya me estaba metiendo por el culo y me chupó la polla con la boca.

Eso 'era' lo que ella quería.

Y descubrí que se lo podía dar.

Fue fácil una vez que empecé.

Me pellizqué los pezones.

Me mordí el labio.

Me empujé sobre sus dedos.

Hablé sucio.

Oh, Dios, odio admitirlo, pero incluso chillé.

Ella bombeó su boca arriba y abajo de mi polla en golpes cortos que se mantuvieron al ritmo de los dedos bombeando mi trasero.

Arriba y abajo, dentro y fuera, conmigo llorando en cada empuje.

"Ugh-Ugh-Ugh. Oh, Dios, mmmmmmmmmm, ¡me voy a correr!" Chillé.

Mis bolas se contrajeron, bombeando esperma caliente, y mis gritos fueron sofocados por su sexo, mientras se agachaba sobre mí una vez más.

Se sentía como si mi alma estuviera escapando en poderosas explosiones por mi polla mientras todo estaba siendo absorbido por la agradable cavidad de su boca.

# CAPÍTULO 3

Cuando terminé, estaba debilitado, aturdido y me quedé tumbado sobre la cama como una sábana arrugada.

Ella subió por mi cuerpo y se sentó a horcajadas sobre mí, arrodillándose y atrapando mis brazos debajo de sus rodillas.

Ella sonrió, sus ojos brillaban con poder y lujuria.

Mi semen brillaba entre sus labios contra el rojo pintado de su lápiz labial.

Levantó el consolador y lo colocó debajo de su boca.

Su sonrisa se volvió perversa cuando sus labios se fruncieron y mi semen se filtró de su boca en un largo mechón, aterrizando en la polla negra y corriendo por su longitud.

"Chúpalo esclavo. Deja que mi amante se corra en tu boca".

No quise hacerlo.

Probablemente hubiera estado ansioso hace unos momentos, incluso cuando dije que lo haría.

Pero ahora ya no estaba encendido.

Estaba satisfecho y el juego debería haber terminado.

No quería jugar más.

"El esclavo lo prometió, ¿no?"

Mi semen ya se estaba alejando de la cabeza de la polla, formando un largo mechón hacia mis labios.

Me iba a golpear de todos modos, ¿no?

Entonces, ¿cómo me vería con mi semen en mi cara?

Abrí la boca.

La cadena de semen entró.

"Sí ..." siseó mi esposa, con los ojos en llamas. "Sí, eso es. Deja que mi amante se corra en tu boca ... pero no te lo tragues, todavía no".

Mi esposa empujó la polla entre mis labios.

Podía saborear el sabor amargo de mi semen contra el sabor del látex de la polla.

No era la primera vez que lo había probado.

Pero tener un bocado de semen pegado entre mis dientes y cubrir el consolador de goma estaba muy lejos de probar accidentalmente mis restos de los labios de mi esposa después de recibir una mamada.

La mano de mi esposa fue a su entrepierna, los dedos giraron sobre su clítoris.

"Dios, eres tan caliente, ¡mi pequeño esclavo debilucho!" ella gimió. "Tan sucia. Pequeña zorra".

Ella bombeó el consolador dentro y fuera de mi boca.

"Vas a hacer que me corra de nuevo", jadeó, sacando el consolador de mi boca y arrojándolo a un lado. "Abre la boca. Ábrelo tragador de semen y déjame verlo, déjame ver el semen de mi amante".

Abrí la boca y puse el semen en mi lengua.

Mi esposa se puso rígida, su pelvis se bombeó cuando tuvo un orgasmo.

Ella me agarró con sus brazos y piernas, abrazándome con fuerza.

Ella me besó hambrientamente y pasamos mi semen de un lado a otro, intercambiándolo.

Ella se derrumbó encima de mí y no se movió.

Yo tampoco podía.

Nuestros dos cuerpos se enredaron como una especie de rompecabezas sudoroso.

Estaba exhausto y me dolía.

Pero era un buen dolor.

Me preguntaba qué había sucedido y cómo esto afectaría nuestra relación.

Había sido asombroso.

Nunca antes me había corrido así en mi vida.

Me preguntaba si hubiera sido un verdadero amante.

¿Lo hubiera disfrutado aún?

Me preguntaba si ella querría volver a hacerlo.

Me preguntaba sobre muchas cosas.

Mi esposa sacó su cabeza de mi pecho.

"Wow", dijo ella.

Fue la subestimación del año, pero me sentí mucho más seguro de mí mismo en ese momento.

"Wow tienes razón". Respondí.

Ella sonrió, no una sonrisa malvada como antes, pero un poco juguetona y si no era mi imaginación, tal vez un poco tímida también.

"¿Crees que tal vez la próxima vez que podamos ver si mi amante tiene un amigo que pueda traer, tal vez alguien que sea un poco más pequeño para ti?"

Era sorprendente cómo tranquilamente podía decir esas cosas que podían significar cualquier cantidad de cosas.

Pero sea lo que sea que ella quiso decir, sabía la respuesta que quería dar:

"Eso estaría bien", le respondí.

"Mmmmm ..." ella me besó de nuevo. "Eres muy sucio."

# UN VECINO MUY AGRADECIDO
## ERIKA SANDERS

# CAPÍTULO 1

Anytha estaba revisando su buzón del correo, a las 6:40 exactamente, como todos los días, incluso los sábados.

Era una criatura de hábitos, así nada más.

Eso y el autobús de las 5:15 de vuelta del trabajo.

Cuando cerró su buzón y se volvió, un apuesto joven estaba rodando en una silla de ruedas.

Anytha le sonrió cortésmente y se dirigió hacia los ascensores.

Apenas había dado unos pasos en esa dirección cuando se dio cuenta de que el joven había estado mirando hacia la fila superior de buzones.

Girando, ella soltó:

"¿Necesitas ayuda?"

"En realidad, eso sería genial", respondió con tristeza. "La semana pasada, el portero me estaba recogiendo el correo. Ahora esta semana, es otra persona y no me ayudará con esto. Dice que es ilegal manejar el correo de otra persona".

"Es un temporal", le aseguró Anytha, tomando su llave y metiéndola en el buzón adecuado. "El tipo regular volverá la próxima semana. Solo promete que no llamarás al FBI denunciándome, ¿de acuerdo?" Le dijo sonriendo.

Ella le entregó una pila de sobres.

"Dios bendiga al ayuntamiento". Continuó él con un toque de amargura. "Hace que los arquitectos diseñen apartamentos accesibles, pero no buzones".

"Lo siento", dijo Anytha, sin saber qué más podría ofrecer.

De repente se golpeó la frente y ella dio un paso atrás sorprendida.

"¿Qué pasa conmigo? Aquí estoy en presencia de una mujer hermosa, amable y comprensiva y todo lo que puedo hacer es quejarme. Como si fuera tu culpa, de alguna manera. Déjame comenzar de nuevo. Gracias, y lo digo sinceramente. Mi nombre es Brian. Probablemente lo descubriste por mi correo, ¿eh? "

"Soy Anytha", dijo ella cerrando su buzón. "Eres nuevo aquí, ¿no?"

"Me mudé la semana pasada. ¿Qué puedo hacer para agradecértelo?"

"¿Qué, eso? Eso no es nada. Y estoy aquí a las 6:40 todos los días, ya sabes, hasta que el portero regular esté de regreso. Estaré encantada de ayudarte".

"¿No 6:45?" preguntó, levantando una ceja.

Ella se rió mientras ambos se dirigían hacia el elevador.

"No, a menos que el autobús llegue tarde. Cuando no tienes mucha vida, es más fácil llegar a tiempo".

"¿Una mujer hermosa como tú, sin vida?" dijo con enfática incredulidad.

Ella se sonrojó.

"Solo estás siendo amable".

"Al menos déjame ofrecerte una cerveza". Rodó hacia el elevador.

"Realmente no me gusta la cerveza", declinó ella, tímidamente.

"¿Entonces qué? Estás haciendo que sea difícil ser un caballero aquí. ¿Margaritas, mojitos, brandy, champaña?"

"Simplemente me quedo con el vino".

Él se abalanzó.

"¿Rojo o blanco, dulce o seco, doméstico o de importación?"

"Brian, realmente, no tienes que ..."

Cuando las puertas comenzaron a abrirse en el piso de ella, él rodó frente a ellas.

"No te dejaré ir hasta que respondas".

Ella puso los ojos en blanco.

"Muy bien, tú ganas. Blanco, seco y barato".

"Mi tipo de chica", dijo con un guiño, retrocediendo para que ella pudiera salir del ascensor.

Ella sacudió la cabeza con exasperación, pero sonrió hasta la puerta de su apartamento.

# CAPÍTULO 2

Al día siguiente, él la estaba esperando cuando ella entró en el vestíbulo, luchando con su paraguas.

Ella sonrió con agradable sorpresa y tomó su llave para buscar su correo, y luego abrió su propia casilla.

Él esperó pacientemente hasta que ella se volvió y se dirigió hacia el ascensor, rodando a su lado.

"Te estoy secuestrando y haciéndote aceptar la copa de vino de ayer. Tengo tres sabores diferentes para que elijas".

"¿Sabores?" dijo ella con el ceño fruncido. "No estamos hablando de vinos con sabor a frutas, ¿verdad?"

"Estoy bromeando", se escusó.

"Bueno, está bien. Supongo que en ese caso puedes secuestrarme. Pero solo para uno".

Una sonrisa tiró de las comisuras de los labios de él mientras rodaba hacia el elevador.

Cuando la condujo a su apartamento unos minutos más tarde, ella se quedó debidamente impresionada por la decoración tenue pero elegante.

Él rechazó su oferta de ayuda y le ordenó que se "pusiera cómoda" en el gran sofá mientras él entraba en la cocina y comenzaba a dedicarse a servir el vino.

Anytha lo miró de reojo mientras se movía por el mostrador bajo.

Ayer no había notado mucho más allá de su naturaleza atractiva en general, con ojos sonrientes, cabello rubio ondulado bastante corto y una mandíbula cuadrada y fuerte.

Ahora, sin una chaqueta voluminosa, se dio cuenta de que tenía los hombros y el pecho muy anchos, con los brazos muy musculosos.

Cuando él la miró, ella apartó la mirada rápidamente, sonrojada.

"Wow", dijo ella. "Tienes una vista mucho mejor que la mía. Increíble lo que pueden hacer unos pocos metros más arriba".

"Por la noche, la iluminación de la ciudad es bastante hermosa. Tal vez si te sirvo varias copas de vino, puedo convencerte de que te quedes hasta entonces".

Anytha lo miró, pero estaba sonriendo burlonamente.

"Dije solo una copa", le recordó.

Él se encogió de hombros.

"Cuando un chico secuestra a una mujer hermosa, no puedes culparlo por querer prolongar el placer. ¿Chardonnay, Sauvignon Blanco o Bacardí?"

"Chardonnay", respondió ella, luego bajó a mirar sus manos en su regazo. "No deberías seguir diciendo eso".

Él frunció el ceño.

"¿Decir qué?"

"Yo no soy hermosa."

Él detuvo lo que estaba haciendo y rodó por la barra de la cocina hacia ella.

"Quien te haya convencido de eso merece ser desafiado y yo soy el tipo para hacerlo. ¡Dame un nombre!"

Cuando se dio cuenta de que él no iba a moverse sin una respuesta, ella murmuró:

"Una mala relación. Se acabó. Se fue".

La observó por un momento, luego cedió y regresó a la cocina.

"¿Entonces por eso no tienes vida? ¿Por algún imbécil que no tenía idea de lo bueno que tenía?"

Ella levantó la barbilla y sonrió, pero él notó que todavía se retorcía las manos.

"Supongo que me hizo más selectiva", dijo.

Un momento después, regresaba con una cerveza en su regazo y una gran copa de vino en la mano.

De alguna manera se las arregló para hacer rodar su silla con una mano.

Incluso logró inclinarse levemente mientras le ofrecía el vino.

"Tu bebida, mi señora".

"Gracias, amable señor", respondió ella y se rió suavemente.

Levantó su cerveza y abrió la tapa, arrojándola cuidadosamente en una papelera distante, luego levantó la botella hacia ella.

"Por los vecinos maravillosos".

Ella tintineó su vaso contra su botella.

" Ching, Ching", ella estuvo de acuerdo.

# CAPÍTULO 3

Durante un rato conversaron ociosamente sobre el trabajo y la familia, los compañeros inquilinos, las molestias del transporte público y otros temas relacionados con su zona de confort.

Cuando Anytha se excusó para usar su baño, él subrepticiamente rellenó su copa de vino de la botella que había guardado en un bolsillo lateral de su silla.

Cuando ella regresó y miró el vaso sospechosamente, él siguió con una técnica de distracción más efectiva.

"No me has preguntado cómo terminé en esta silla", dijo.

"Oh", respondió ella, tomando un sorbo sustancial del vino. "Realmente no es asunto mío".

Brian se dio una palmadita imaginaria en la espalda.

Esa táctica funciona todo el tiempo.

"Y no es de mi incumbencia tu ex. Te propongo una cosa, te contaré mi historia si me cuentas la tuya".

"Realmente no ..."

"Fui estúpido. Bebí demasiado. Me subí a una motocicleta. Golpeé un trozo de grava, luego golpeé una zanja, luego golpeé un árbol. Al menos eso es lo que me dicen. No recuerdo nada de eso. Pero ahora, nada funciona de la cintura para abajo ".

"Lo siento mucho", dijo ella, poniendo su mano sobre la de él.

"No lo hagas. Todavía estoy aquí. Todavía me estoy divirtiendo. Y la mejor parte es", se inclinó hacia ella. "Las mujeres hermosas no me ven como una gran amenaza de tipo duro cuando trato de atraerlas a mi departamento". Se reclinó en su silla. "Me muevo en las sombras, bebé".

Anytha lo miró y arqueó una ceja.

"Eras un jugador defensivo", ella arriesgó una suposición.

Se rio alegremente.

"Ofensivo. Centro, ocasionalmente". Él se encogió de hombros. "No es lo suficientemente bueno para los profesionales, pero pensarías que al menos facilitaría tener una cita en el campus. Si me hubiera acercado a una bella dama que estaba parada en su buzón en esos momentos podría invitarla a mi habitación un trago. Bueno, tampoco solían correr lo suficientemente rápido. Por supuesto, los mariscales de campo y los receptores obtenían toda la buena prensa. Éramos simplemente "la línea" que se suponía que evitaría que el lindo mariscal de campo se estrellara.

"Pero luego, el año pasado en la escuela, regresé y en lugar de seis pies y seis y doscientas sesenta libras de músculo de hierro, tengo cuatro pies de silla sin motor. Así que ahora las chicas me hablan, pero solo sobre cómo me tienen mucha lástima ".

"Oh, yo ..." Anytha miró su regazo.

"Excepto tú", le interrumpió. "Aparte del hecho de que te disculpas con demasiada frecuencia, no percibo una pizca de lástima. Es refrescante. Y si lo estás escondiendo realmente bien, por favor no me lo digas. Déjame vivir así con mi fantasía ".

Esta vez, él rellenó su copa de vino sin fingir.

Ella no pareció darse cuenta o recordar su límite preestablecido.

"Ya está, he descubierto mi alma. Ahora es tu turno".

Sacó otra cerveza del bolsillo de su silla y una vez más hizo enceste perfecto con la tapa.

"Um, yo ..." Anytha se retorcía las manos otra vez.

Él tomó su copa de vino y cerró los dedos alrededor del cuello de la base para darse algo más que hacer.

"¿Te dijo que no eras hermosa?" Brian preguntó suavemente.

"No, él nunca dijo eso", dijo ella sacudiendo la cabeza.

"¿Te dijo que eras hermosa?"

"Mmm no." Tomó un gran trago de vino.

"Déjame adivinar, entonces. Él constantemente señalaba fallas. ¿Estoy en lo cierto?"

Ella asintió malhumorada.

"Él me decía que necesitaba perder peso, y cuando me esmeraba para perder un poco, decía que ahora mis senos eran demasiado pequeños. Me decía que me cortara el pelo, y cuando lo hacía, me ridiculizaba el estilo. Mi ropa nunca estaba bien, incluso la que él me compraba. Me hizo ponerme lentes de contacto de colores porque mis ojos eran aburridos, pero luego se quejó de que el color era demasiado artificial. Me hizo usar tacones ridículamente altos, pero luego se enojaba porque le decía que me dolían los pies ".

Brian esperó pacientemente hasta que ella comenzó a relajarse, luego tomó su mano y la sostuvo.

"También te dijo que eras horrible en la cama, ¿no?" Ella asintió, pero no levantó la vista.

Después de un momento, él extendió su mano libre y tomó su barbilla, levantándola.

"Te juro que nada de eso es cierto. Bueno, está bien, no puedo responder por la parte del sexo, pero he estado con suficientes mujeres para tener una muy buena idea de cómo serás en la cama, solo por la forma en que te manejas fuera de la cama. Y Anytha, lo estás superando. Necesitas comenzar a relajarte un poco ".

Ella sonrió con tristeza.

"Entonces, esta cosa de terapia que te gusta hacer con las chicas. ¿Es solo una actividad secundaria o ganas mucho dinero con ella?"

Él se rió.

"Cobro mi pago con sonrisas", dijo extendiendo los brazos. "Me gustaría que vinieras aquí y te sientes en mi regazo para darte un abrazo".

"¿Estás seguro? Quiero decir ..."

"No están rotos", dijo, dándose palmadas en los muslos. "Simplemente no hacen una maldita cosa que les digo".

Todavía estaba dubitativa mientras se paraba frente a su silla, pero luego él se inclinó hacia adelante y la tomó en su regazo, dejando que sus piernas colgaran sobre un brazo de la silla.

Después de solo una pequeña pausa, ella se acurrucó contra su amplio y duro pecho, entrelazó sus brazos alrededor de su cuello y suspiró.

Él la rodeó con sus musculosos brazos y la atrajo aún más cerca.

"Me gustas, Brian", dijo ella, aunque su voz estaba amortiguada contra su pecho.

"Y tú me gustas", respondió. "Solo desearía tener el equipo disponible para probarte que el imbécil estaba equivocado acerca de la cama junto con todo lo demás".

Anytha se rió un poco e inmediatamente se preguntó cuánto vino había bebido con el estómago vacío.

Él le dio un último apretón y luego, cuando ella se sentó en su regazo, agregó:

"Y por si te interesa, la lengua todavía funciona bien".

La sacó y la movió solo como prueba.

Anytha se estaba riendo a carcajadas ahora.

Ella se movió de su regazo.

"Creo que mejor me voy, antes de que me pongas más para beber. ¡Me estás haciendo sentir como una calentorra colegiala!"

"Entonces, mi diabólico plan tortuoso está saliendo como esperaba", se rió, incluso mientras apartaba su silla para que ella pudiera pasar hacia el sofá.

Estaba recogiendo su abrigo y sus pertenencias cuando él la detuvo.

"Anytha, ¿puedo convencerte para que vengas a cenar el viernes? Mi hermano gemelo estará aquí. Me gustaría que lo conocieras".

Buscó en su memoria empañada de vino.

"¿Dijiste que es tu gemelo?"

"Sí. Idéntico. Excepto que no fue lo suficientemente estúpido como para subirse a una motocicleta cuando estaba borracho".

"Um", vaciló.

"Sin excusas. Ya has confesado que no tienes vida".

"Maldición. Está bien. ¿A qué hora?"

"Puedes ayudarme con mi correo a las 6:40, luego ponerme ropa más cómoda y subir a mi casa, digamos, a las 7:40", dijo con un guiño.

Ella se rió.

"Las 7:40 está bien".

# CAPÍTULO 4

El viernes por la noche, Anytha se puso unos pantalones de yoga y una camiseta de gran tamaño.

Las chanclas completaron el atuendo.

Fuera de la puerta de la casa de Brian, se detuvo a propósito hasta que en su teléfono celular aparecieron las 7:40.

Cuando llamó, la puerta se abrió de inmediato.

Brian obviamente había estado esperando que llamara dentro.

Ella se rió y él se echó a reír, entregándole una copa de vino.

"Ven a conocer a mi hermano", dijo, llevándola hacia el sofá.

Era una copia de él, hasta los jeans negros y la camisa blanca con cuello abierto.

Ya se había levantado y había dado la vuelta al sofá con la mano extendida.

"Anytha, este es John".

"Es un privilegio conocer a cualquiera que esté dispuesto a soportarlo", dijo John, tomando su mano, pero luego acercándola a los labios para plantar un beso en su palma.

"Eso ha sido muy dulce", respondió Anytha.

"Es que soy el hermano más dulce. Él es el aburrido insufrible. Ven y siéntate", agregó tirando de ella hacia el sofá.

"¿Puedo ayudar con la cena?" ella preguntó.

"No te dejará ayudar", le aseguró John, "porque podrías ver todas las cajas de las que salió su comida 'casera'".

"Muy gracioso", arrastró Brian, volviendo a la cocina.

"Entonces, ¿entiendo que tuviste algunos problemas con un ex?" John preguntó.

"Oh, eh ..." Anytha se sonrojó furiosamente.

"Brian me lo dijo. Sin detalles, solo eso, veamos, ¿cómo lo dijo? 'El imbécil hizo mierda en su autoestima'. Le ofrecí ayudarlo a darle una paliza al imbécil. Pero ahora que te he conocido, una paliza parece inadecuada. Por lo menos, tenemos que sacarle las uñas de los pies y de las manos ".

Brian rodó y le entregó una cerveza a John.

"¿Esa es tu idea para abrir una conversación?" Él frunció el ceño a su hermano.

John solo se encogió de hombros.

"No soy muy apto para hablar tonterías sobre el clima. Además, todo lo que hace aquí es llover. Limita la variedad de frases ingeniosas".

"Realmente, chicos, solo estoy tratando de seguir adelante con mi vida. Nadie necesita ser golpeado", intervino Anytha.

"Esa es una cuestión de opinión", dijo Brian, mirando a su hermano.

"También te amo, hermano", gritó John cuando Brian regresó a la cocina.

Miró a Anytha.

"Él me ama", dijo con un guiño.

"¿Jugaste al fútbol también?" Anytha preguntó, tratando de dirigir la conversación a territorio neutral.

"Un par de años, pero requiere bastante tiempo y pensé que sería mejor concentrarme en una carrera más ... realista".

"Muy bien, chicos", llamó Brian. "Hora de la cena."

John se levantó y tomó su mano, tirando de ella hacia la mesa del comedor en la esquina de la habitación junto a las ventanas.

Era la primera vez que notaba la mesa bellamente puesta.

Brian estaba encendiendo velas en el centro de la mesa.

Afuera, las luces de la ciudad comenzaban a encenderse a medida que el cielo se oscurecía.

Brian recogió un control remoto.

"¿Jazz, pop o rock?" le preguntó a ella.

"Estoy seriamente mal vestida", dijo ella, plantando sus pies contra el tirón de la mano de John.

"Tonterías", exclamó John. "Normalmente comemos desnudos".

"Así que estás demasiado vestida", señaló Brian.

Apretó un botón en el control remoto y un jazz suave llenó la habitación.

Sacó una silla para ella que diera a las ventanas y la mano gentil pero insistente de John en su espalda la sentó en contra de su mejor juicio.

Cuando ambos estuvieron satisfechos de que ella no iba a huir, fueron a la cocina y rápidamente llevaron la comida a la mesa.

Luego los hermanos se acomodaron en cada extremo de la pequeña mesa y procedieron a hacerla el centro de atención durante toda la cena.

Tenían una increíble habilidad para devolverle la conversación, cada vez que pensaba que los había redirigido a otro tema.

También se unieron a beber con ella dos veces, y uno volvió a llenar su vaso cuando ella respondió una pregunta del otro.

Pronto descubrió que sus supuestos argumentos contrarios no eran más que un disfraz de su profundo vínculo afectivo.

Cuando todos finalmente acabaron de la mesa, llenos hasta reventar, Anytha se ofreció a lavar los platos.

"¡No!" Dijo Brian, así de enfáticamente saltó.

"Mira", le dijo John, "tiene las cajas de la cena escondidas en el lavaplatos. Sabía que estaban escondidas en alguna parte".

"Solo quiero que todos nos traslademos al sofá y continuemos con esta gran conversación", argumentó Brian.

"Pero..."

"Mi casa, mis reglas. Los platos sucios se quedan hasta que estén completamente maduros. Vamos".

# CAPÍTULO 5

Rodó hacia un extremo del sofá para que John se moviera al otro extremo del sofá, dejando el centro para Anytha.

Ella suspiró y tomó su copa de vino, cruzando la habitación.

Tan pronto como se sentó, Brian volvió a llenar su vaso de la botella que había guardado en el bolsillo de su silla.

Una vez hecho eso, Brian la sorprendió, usando la fuerza de la parte superior de su cuerpo para levantarse de la silla y sentarse en el sofá.

Una vez allí, se volvió y apoyó la espalda contra el brazo, levantó la pierna derecha sobre los cojines e hizo un gesto de acercamiento a Anytha, acariciando el sofá frente a su regazo.

"Siéntate aquí. Es la hora de un masaje en el cuello".

"Y luego puedes contarnos todo sobre ese viaje del que hablaste antes que hiciste a Italia", dijo John.

Se giró parcialmente en el sofá para mirarla, apoyándose contra el otro brazo casi como una imagen reflejada de Brian.

Anytha tomó un gran trago de vino, luego buscó un lugar para colocar el vaso.

John se lo quitó y lo puso en la mesa al fondo detrás de él.

Sintiéndose totalmente incómoda, se recolocó en posición, luego sintió las manos de Brian en su cintura acercándola.

Ella se quitó las chanclas y comenzó a cruzar las piernas, pero luego John estaba poniéndole los pies en su regazo.

Sus fuertes manos comenzaron a frotar sus arcos en la espalda incluso cuando Brian se puso a trabajar en el cuello y los hombros.

Anytha extendió la mano para prepararse mejor y Brian complacientemente colocó sus manos sobre sus muslos.

Ella se maravilló de que no se sintiera incómodo en lo más mínimo.

Anytha suspiró.

"Si ustedes continúan así, no voy a recordar nada sobre el viaje a Italia".

"Entonces no lo hagas", dijo Brian suavemente desde detrás de ella. "Solo cierra los ojos y disfrútalo".

Las manos de Brian se abrieron paso por su espalda, sus pulgares trabajaron los músculos a lo largo de su columna vertebral mientras sus dedos encontraban todos los músculos y los relajaban.

Mientras tanto, algo que John le estaba haciendo a sus pies parecía dispararle directamente a la barriga, extendiendo un delicioso calor.

Cuando Brian llegó a su espalda baja, ella estaba gimiendo de placer.

Cuando llegó a su coxis, ella arqueó la espalda con deleite y echó la cabeza hacia atrás con un largo y prolongado "Ahhhh".

Brian y John intercambiaron una comunicación silenciosa.

Las manos de Brian comenzaron a subir por sus costados, debajo de su parte superior y John extendió la mano para frotar sus pantorrillas.

Anytha no reaccionó cuando las manos de Brian alcanzaron la piel desnuda sobre sus pantalones de yoga.

Ella simplemente siguió tarareando de placer.

Cuando Brian llegó a la parte inferior de su sujetador, deslizó los dedos debajo de la correa trasera y se inclinó hacia adelante.

"Anytha, ¿quieres esto?"

Casi a regañadientes, bajó la cabeza, para encontrarse con los ojos de John.

"Di que sí", la persuadió.

Sus manos habían dejado de moverse, esperando su respuesta.

El vientre de Anytha se revolvió, despertando de un largo sueño.

Y los ojos de John sobre los de ella eran tan cálidos, serios y amables.

Ella cerró los ojos, aprobando.

Estaba agradablemente animada, no borracha.

Lentamente, volvió a abrir los ojos y John seguía allí, esperando pacientemente.

Ella asintió.

"Necesitas decirlo, Anytha", insistió Brian suavemente.

"Di lo que quieras de nosotros", agregó John, "de los dos".

Ella tragó saliva.

"Quiero que me hagas el amor".

"Nosotros dos."

La respuesta de John fue una declaración, no una pregunta, pero ella respondió, de todos modos.

"Si."

Ella asintió ansiosamente, e instantáneamente, su sujetador se aflojó y las manos de Brian estaban en el borde de su camiseta, levantándosela lentamente, saboreándolo.

"Levanta los brazos, Anytha", le indicó, y ella lo hizo, inclinándose hacia atrás para que él pudiera alcanzarla y liberarla.

Antes de que ella volviera a bajar los brazos, John se había movido entre sus piernas.

Sus dedos sostenían los tirantes de su sujetador, tirando hacia abajo y hacia adelante.

En el momento en que se liberó de sus brazos, se encorvó, cruzando los brazos sobre su pecho, tratando de recordar si estaba en su fase de senos pequeños o si todo lo demás era demasiado grande.

John agarró sus muñecas con firmeza y apartó severamente, pero con delicadeza sus brazos, empujando sus manos hacia el sofá.

"Eres hermosa en todos los sentidos, Anytha".

Su rostro se acercó al de ella y sus labios rozaron la punta de su nariz, y luego sus labios.

Las manos de Brian giraron para ahuecar sus senos, y cuando John se retiró un poco, Brian usó esas manos para acurrucarla contra su pecho.

Entonces los labios de John estaban en su pezón derecho, chupando con hambre y lamiendo.

Los dedos de Brian tiraban y pellizcaban su pezón izquierdo.

Su espalda se arqueó y su cabeza cayó sobre el hombro de Brian.

Sus suaves besos aterrizaron como lluvia sobre su cuello y hombro, sus dientes mordisquearon suavemente el lóbulo de su oreja.

El contraste del suave toque de los labios de Brian y su ávido asalto a sus senos era casi insoportable.

Ella se retorcía, preocupada de que pudiera lastimar a Brian, pero él se aferró a ella e incluso se rió cuando ella gimió en voz alta.

Cuando pensó que no podía soportarlo un momento más, John se echó hacia atrás y sus dedos se metieron en la ancha cintura de sus pantalones.

Él se detuvo allí, sin moverse y ella levantó la cabeza para encontrar sus ojos en ella, aparentemente esperando el permiso.

Ella asintió, e inmediatamente, él estaba bajándole los pantalones elásticos y quitándolos de las piernas.

"Muy hermosa", Brian respiró en su oído.

"Espera", dijo John. "Se pone aún mejor".

Él torció sus dedos en sus bragas y nuevamente esperó el permiso.

Anytha estaba temblando de anticipación cuando ella asintió.

John fue mucho más lento esta vez, revelando su montículo, luego los labios de su coño con un cuidado tan insoportable que quería gritar de frustración.

Debe haberse dado cuenta porque se rió mientras le quitaba las bragas del resto del camino.

Antes de que sus pies pudieran aterrizar nuevamente en el sofá, sus piernas fueron arrojadas sobre los hombros de John y él ya estaba en su coño.

Su lengua separó sus labios.

"Ey", protestó Brian, "Ese es mi trabajo".

"Solo quiero probarlo", le aseguró John, sus labios murmurando contra los de ella.

Luego su lengua se hundió profundamente, lamiéndola y ella jadeó y se retorció hasta que él levantó la mano para sujetarle las caderas.

Cuando finalmente se retiró, se lamió los labios y miró a Brian.

"Dios, está tan mojada. Esta chica lleva demasiado tiempo sin un buen polvo".

"Bueno, maldita sea, déjame tener mi turno", murmuró Brian.

"Todo tuya", asintió John alegremente, y de repente sus dos pies estaban en el suelo.

El fuerte brazo de John la tenía alrededor de la cintura, levantándola y girándola como si no pesara nada y luego se acomodó en su regazo, sintiendo su erección contra su trasero y sus manos masajeando y acariciando sus senos.

Mientras tanto, Brian ya se había posicionado para un asalto frontal completo en su coño.

Él lamió burlonamente sus labios exteriores, luego comenzó a pasar la lengua arriba y abajo entre ellos, ocasionalmente con un ligero contacto en el clítoris que la hizo jadear y sonreír.

Se dio cuenta de que él sabía exactamente lo que le estaba haciendo.

También sospechaba que él estaba esperando que ella suplicara por más.

"Por favor, Brian. Me estás torturando aquí". Ella se retorció para mayor énfasis.

"¿Más duro, más rápido o más profundo?" preguntó con una amplia sonrisa.

"Todo lo anterior", gimió.

Ella vio que sus ojos se movían hacia los de John, y las manos de su hermano se movieron repentinamente de sus senos para agarrar sus muslos justo por encima de sus rodillas.

Él los estaba separando, exponiéndola completamente a la lengua exploradora de Brian.

Justo cuando Anytha comenzó a sentirse vagamente avergonzada de estar tan expuesta, Brian hundió la lengua en su interior y la intensidad de su lengua cálida y viva en su coño apretado, ansioso y sin usar, borró todo lo demás de su mente.

Ella giró la cabeza hacia atrás contra John.

La esquina de su cuello y hombro, repentinamente dentro del alcance, hundió ansiosamente los labios y luego los dientes en su piel febril.

Ella comenzó a alternar entre fuertes gemidos y palabrotas.

Brian se movió de su coño a su clítoris y comenzó a chupar y sacudir con su lengua ágil.

Solo pasaron unos instantes antes de que soltara un sollozo estrangulado y se sacudiera contra el fuerte agarre de John y la persistente lengua de Brian.

Justo cuando comenzaba a bajar del explosivo orgasmo, Brian hundió un dedo en su coño y comenzó a trabajar su punto g hasta que explotó nuevamente.

Su espalda se arqueó casi dolorosamente.

Nunca se había venido dos veces seguidas antes, y estaba bastante segura de que se iba a derretir en un charco cuando Brian se apartó finalmente y John soltó sus piernas y giró la cabeza para besarla suavemente, acunando su mejilla en su gran mano.

Cuando finalmente la liberó del beso, ella miró a su alrededor para darse cuenta de que Brian había vuelto a su silla de ruedas. "

Suficiente juego previo", afirmó. "Al dormitorio".

# CAPÍTULO 6

Anytha quería decir que, si eso era un juego previo, no estaba segura de poder sobrevivir al acto sexual, pero se encontró atrapada en los brazos de John y siendo llevada detrás de la silla de Brian.

Cuando la sentó en el borde de la cama, ella descubrió que él también había logrado llevar su vino.

Se lo entregó con un guiño.

"Necesitarás esto para tomar fuerzas", dijo John.

"Tenemos la intención de ser despiadados", agregó Brian, que ya se estaba desnudando.

Ella observó con asombro cómo él fácilmente se quitaba la ropa y luego se inclinaba sobre la cama.

También notó que la cama ya había sido preparada.

¿Estaban tan seguros de seducirla o tan esperanzados?

Miró tímidamente a Brian mientras él se apoyaba contra una almohada en la cabecera de la cama.

"¿Hay algo que pueda hacer por ti?" ella preguntó.

No fue difícil ver que su polla estaba algo hinchada, si no dura.

Él sonrió dulcemente y sacudió la cabeza.

"No podría sentirlo si lo hicieras. Puedes complacerme mejor disfrutándolo".

"Oh, después de todo lo que has hecho, no creo que me pueda venir más ..."

"No acepto un no por respuesta", dijo John, arrastrándose detrás de ella y mordisqueándole el hombro.

Ella se rió ante el cosquilleo de sus dientes.

"Entonces, ¿qué puedo hacer por ti? ¿Quieres que te la chupe? No soy muy buena, pero ..."

"Déjame adivinar. Tu ex idiota te dijo eso", dijo Brian, prácticamente gruñendo.

"Um ..."

"No quiero arriesgarme a venirme demasiado pronto", interrumpió John. "Me imagino que puedo hacerte venir al menos dos veces más. Tres si me lo propongo".

"Vas a tener que darle algo de tiempo", advirtió Brian. "Ella es tan apretada como el tío del Cuento de Navidad".

"Bien", admitió John. "La tienes lista y dejaré que me muestre lo horrible que no es".

"YO..."

"Shhhh. nena".

John le llevó la copa de vino a los labios hasta que tomó varios sorbos, luego se estiró y la dejó sobre la mesita de noche.

Palmeó la cama.

"Manos y rodillas. Apuntas ese coño juguetón que tienes allí donde el señor Brian pueda ir a trabajar en él.

Anytha sofocó otra risita, sintiéndose algo tonta mientras intentaba posicionarse con su coño al alcance de Brian.

La ayudó a seguir, acercándola hasta que sus pies se apoyaron contra la cabecera sobre la que estaba apoyado.

Cuando estuvo satisfecho, asintió con la cabeza a John, que se instaló frente a Anytha para que ella pudiera inclinarse y tomar su erección muy grande y muy dura en su boca.

Su polla era proporcional a sus hombros y pecho, más grande que cualquier otra que hubiera visto antes, pero estaba decidida a complacerlo, a devolverle el placer.

"Hazlo", dijo con una sonrisa alentadora, inclinándose, echando los brazos hacia atrás.

Anytha suavemente lamió y provocó la cabeza de su polla, luego la persiguió con su lengua.

Mientras John usó una mano alrededor de la base para provocarla a cambio.

Cuando finalmente lo capturó en su boca, fue recompensada con un suspiro de satisfacción de John y un dedo repentino en su coño de Brian.

Ella trató de concentrarse en chupar y lamer a John, pero fue muy desconcertante tener el largo y grueso dedo de Brian explorando libremente su interior.

Cuando él comenzó a frotar la pared frontal de su vagina, fue como una mini explosión de placer.

Ella gruñó sorprendida, lo que pareció complacer a John.

Él flexionó sus caderas para empujar un poco más profundamente en su boca, y giró la cabeza hacia atrás.

Anytha acababa de comenzar a acomodarse en un ritmo de bombeo hacia arriba y hacia abajo en el miembro de John cuando sintió que un segundo dedo penetraba su coño.

Luego ambos exploraron por todos lados, ocasionalmente buscando su punto G, o bombeando dentro y fuera, pero ella comenzó a sospechar que estaba tratando de evitar llevarla al orgasmo; guardando eso para su hermano.

No podía creer la presión que se acumulaba en su vientre.

Que posiblemente podría volverse tan excitada de nuevo, pero se encontró empujando hacia atrás contra sus dedos, buscando aún más estimulación.

Finalmente le abofeteó la mejilla del culo juguetonamente.

"Soy el médico, aquí. Y yo digo cuándo".

Anytha gimió y John jadeó, liberándose de su boca.

"¡Maldición, mujer! Si tu ex te hubiera hecho gemir de esa manera, seguro que no se habría quejado de que le chuparas la polla". Se dejó caer en la cama dramáticamente. "Podría tener que darme una ducha fría".

"Hombre", dijo Brian, deslizando un tercer dedo hacia Anytha.

Ella jadeó y él la calmó.

"Dale un minuto. Tu ex también debe haber sido endeble, además de todo lo demás. Respira, cariño".

Él comenzó a frotar su coxis, que su masaje anterior había indicado que era una de sus zonas erógenas.

Cuando él comenzó a sentir su coño aferrándose a sus dedos, tratando de jalarlos más profundamente, asintió con la cabeza a John.

"Ella está lista para ti. Pero tómatelo con calma".

Sacó los dedos lentamente, y ella sintió que la levantaban y la volvían a girar como si no tuviera peso.

Se sintió como si un enorme agujero vacío hubiera aparecido repentinamente en su vientre, y su respiración llegaba en jadeos desiguales.

Todavía sobre sus manos y rodillas, pero ahora frente a Brian, sintió a John presionando la entrada de su coño.

Ella presionó hacia atrás, a pesar del dolor mientras él la estiraba aún más, desesperada por llenar el vacío.

De repente, John la agarró por las caderas y la arrastró el resto del camino hacia la cabeza de su polla.

Anytha respiró hondo y contuvo el aliento.

Ella levantó la cabeza.

Brian miraba a John con los ojos entrecerrados.

Luego miró a Anytha con preocupación.

"Respira, cariño. Entra y sale".

"Entendí esto", dijo John, aparentemente para tranquilizar a Brian. "Anytha, no me voy a mover hasta que estés lista. ¿De acuerdo? Solo házmelo saber".

Sin embargo, pensó que lo sentía temblar con el esfuerzo de quedarse quieto.

Pero luego, tan repentinamente como había llegado el dolor, desapareció y la desesperada necesidad de llenar el vacío había regresado.

Anytha empujó hacia atrás tan fuerte como pudo, pero sintió que John retrocedía alarmado.

"¡Anytha, no! Tómatelo con calma. No quiero desgarrarte".

Ella lo intentó de nuevo, y él retrocedió nuevamente, su agarre en sus caderas ahora empujando en lugar de tirar.

"Lento, cariño", advirtió Brian, alcanzando sus brazos para empujarla hacia adelante.

Anytha sacudió la cabeza con frustración.

"Necesito que me llenes. He estado vacía tanto tiempo. ¡Por favor, John!"

Su agarre en sus caderas se apretó.

"Está bien. Voy hacia ti. Déjame marcar el ritmo, ¿de acuerdo? Voy a presionar un poco más, luego retroceder. Lo haré varias veces para extender tus jugos, luego lo llenaré. Lo prometo. ¿De acuerdo?

Brian la estaba agarrando de los brazos ahora.

"Anytha", dijo, tratando de llamar su atención.

Ella buscó.

El sudor humedecía su cabello y lo retorcía en rizos.

"Su pollón es casi tan grande como su ego. Sabe cómo hacer esto bien. Deja que te cuide".

Ella asintió, preparándose contra su propia necesidad.

John empujó una pulgada, luego se deslizó fácilmente hacia atrás dejando solo la cabeza adentro.

Sus jugos se estaban extendiendo, cubriendo su miembro.

Tomó unos centímetros más adentro y afuera.

Luego empujó lentamente hasta llegar al final de ella.

Anytha dejó escapar un profundo suspiro.

Nunca se había sentido tan llena y tan satisfecha.

Comenzó a moverse hacia adentro y hacia afuera, lentamente al principio, y ganando una fracción de pulgada de profundidad cada vez.

Cada vez que llegaba al final de ella, volvía esa sensación mágica de estar llena y completa.

Y cada vez era más fuerte y la presión explosiva que se había estado acumulando en ella se acercaba a la superficie.

Y entonces él estaba completamente adentro, sus bolas descansaban contra su clítoris, su respiración era tan irregular como la de ella.

Anytha miró a Brian a los ojos y él asintió y soltó sus brazos.

Anytha empujó hacia atrás contra John, a pesar de que no había más polla para tomar.

Miró a Brian y luego ajustó sus manos en sus caderas.

Él se retiró lentamente y luego se estrelló contra ella, incluso cuando ella retrocedió para encontrarse con él.

Entonces se movían en concierto y Anytha jadeaba cada vez que sus bolas golpeaban su clítoris.

John luchó por contener su orgasmo incluso mientras ella luchaba por liberar el suyo.

Tenía los ojos cerrados con fuerza, sus sentidos completamente envueltos alrededor de lo que estaba sucediendo en su vientre.

De repente, Anytha se dio cuenta de los poderosos dedos de Brian.

Dos estaban masajeando cada lado de su clítoris, al ritmo del movimiento de los golpes de John.

Los dedos de su otra mano estaban presionando y frotando los hoyuelos al lado de su coxis.

Como si se hubiera hecho una conexión de circuito eléctrico, todo explotó a la vez dentro de ella.

Cayó de bruces sobre la cama y gritó sobre el colchón cuando una ola de oleadas de orgasmo se disparó a través de su propio ser.

Ella era vagamente consciente del ritmo de John vacilante cuando él también se vino, pero luego él estaba bombeando contra ella nuevamente, sosteniendo sus caderas contra sus empujes, tratando de prolongar su orgasmo.

# CAPÍTULO 7

Anytha se despertó en algún momento de la madrugada, acurrucada entre los dos hombres y sintiéndose más completa que nunca.

Su brazo rodeaba al hombre frente a ella y estaba totalmente avergonzada al darse cuenta de que no sabía si era Brian o John.

No fue hasta que el hombre detrás de ella se movió y acurrucó sus rodillas contra las de ella cuando ella pudo estar segura.

Ella sonrió felizmente al decidir que era un maravilloso dilema.

Cuando todos finalmente se levantaron de la cama un rato después, y Anytha se vistió y se preparó para regresar a su propio departamento, Brian dijo:

"Sabes, podemos cenar juntos todos los viernes por la noche. Si estás interesada".

"Es una promesa", dijo, girando el picaporte la puerta y dando un brinco a su paso.

# FIN